꿈꾸는 적막

꿈꾸는 적막

박주영 시집

문학세계사

첫 시집 내고 21년 만이다.

게으른 탓도 있겠지만
물밀듯 밀려드는 말들
다 소화하지 못해
밀리고 밀리다가
내 서랍에 갇혀 있던 말들
이제야 세상에 내보낸다.

미안하다. 나의 시여!

2024년 봄
박주영

□ 차례

I

II

III

IV

적요의 저 온몸이 필기체다

공원과 초등학교 사잇길에
그늘이 들어선다
오후 두 시와 세 시 사이
이름 모를 벌레 한 마리 기어간다

새들은 절벽 위에서
날아가는 법을 배운다지만
조것들은 어디서 인내심을 배운 걸까
티끌 같은 발로 눈물처럼 기어간다

햇살이 조팝나무 잎사귀에
가만가만 손 얹고 있는 한낮,
적요의 저 온몸이 필기체다
벌레 한 마리 회벽 아래 기어가며
그만의 시를 쓰고 있다

지리산 연리지連理枝

지리산 연곡사를 찾아가는데
나무가 나무를 껴안고 있다
껴안고 하나가 되어 있다
둥치를 건드리니 부스스 떨어지는 마른잎
축 늘어진 가지가 길을 막기도 한다
한때는 서로 조이는 힘을 주었으리라
전심전력으로 파고들었으리라
그렇게 수천만 번 몸 비빈 흔적을
지금은 허공으로 풀어 놓는 것 같다
제 안의 물기 모두 버려도
죽어도 못 버리는 가지 끝의
달근한 향내,
뿌리 송두리째 뽑아낼 듯
아찔한 들숨 날숨 길섶에 묻으며
북부도로 오르는 길잡이가 되어 준다

동피랑*

천사의 날개는 내 가슴 높이에 있다
한껏 날아올라 본다
만만치 않은 세상에서 한 번쯤은
튀어 올라 내려다보고 싶었다
푸른 이빨을 드러내며
이쪽을 엿보는 통영 앞바다
그 바다를 다 읽기엔 턱없는 날들이다

좁은 골목길 담장들이 형형색색
벽화로 눈길을 잡아끈다
굵은 나이테 속이듯 뱅글뱅글,
마치 동화 속 이야기 궁전 같다
초록이 주는 빛깔 또한
적멸의 아름다움과 맞물려
묘한 분위기를 연출한다
숨바꼭질하듯 튀어나오는
바람도 몇 차례 휘돌아 지나간다

언덕에 서니 따라온 바다 냄새가

허기진 노을 그림자를 끌고 와
동피랑에 푸른 하늘을 내려놓는다

* 통영 앞바다가 내려다보이는 언덕의 화가마을

정방사

그 봄 끝 무렵 정방사 갔다
금수산 자락에 풍경 소리 데리고
좌정한 극락전을 오르는데
깔고 앉은 죄의 무게 탓일까
몇 칸 안 되는 돌계단도 버겁다

시원한 물줄기와 바람이
의상대의 암벽에 부딪는 소리
숨은 그리움의 수초들이 일어선다
어느 시인은 '나 혼자 즐기고 있음이 아쉽다'고
산사의 풍경을 예찬했듯이
나도 푹 빠지고 싶은 마음에
성가시게 쫓아오는 휴대전화 소리도 죽인다

부처님 앞에 엎드리니
그제야 숨소리가 가지런해진다
울울하지 말고 언제든 오라는
스님의 머리카락 한 올까지 짚는 번뜩임에
머리에 이고 온 보따리도

남김없이 풀어 놓는다
찔레 넝쿨 걸러낸 듯 가벼워지고
차 한잔에 마음 따스해진다

나를 그리다

대전역, 차창 밖의 젊은 남녀가
두 손을 흔들고 또 흔든다
미소가 밝고 맑고 예쁘다
나 언제 저런 적이 있었던가
잃어버린 내 모습이 아련하다

교내에서 유일하게
무릎 덮은 부츠를 신고 다니는 내게
말 타는 지지배라고 놀리던 그때
까끌까끌한 찔레나무 가시같이 팽팽해서
너무 팽팽해서 매력이라고는 없는 나를
처음으로 잡아 끌어내어 준 사람
그 사람 앞에만 푼 내 웃음
그때의 내 웃음이 저렇듯 맑았을까

갑자기 눈앞에 어룽거리는 한 사람
오래 잊었던 그 날, 그 시간이
파노라마처럼 밀려온다
두 젊은이에게 '화이팅'을 보낸다

기억을 묻다

그는 없고 기억만 쌓여 있는 강가에 서면
소용돌이치는 아우성에 밀려 금세 범람하는 내 몸,
금호강에서 그는 낚시를 했다. 머리 위로 긴 낚싯대
휘감아 던지면 그 끝에 출렁, 오도암 뒤 절벽 봉우리가
걸리곤 했다. 산 그림자가 조금씩 내려앉는 시간이면
종일 찌만 눈이 시도록 노려보며 침묵하던 그가 '번번이
허탕이군' 마음 꺾고 투덜대며 낚싯대 거두어들이며 이
것저것 챙겨 들고 돌아설 때 그를 더 깊이 끌어안는
산줄기가 첨벙첨벙 멱감곤 했다

강에 닿아 강을 본다
무수한 발길이 지나간 금호강이 길 내는 걸 본다
눈물에 떠다니며 모질게 뿌리박고 있는 달개비, 마
름, 궁궁이……
내가 그를 납작 엎드려 배웅하는 걸 본다
침묵의 강이 범람하는 내 몸 더듬는 것도 본다

화해

박수근의 그림 같은 그레이 톤을 깔고
해거름에 비가 내린다
이런 날은 팔공산 움막식당이 제격이다
지글지글 지져대는 땡고추 넣은 부추전에다
알싸한 소주 한잔을 곁들이면
불쏘시개 매운 내에 눈이 뒤집힌다
눈물, 콧물 멈추지 않아 헉헉거려도
가랑비 내리는 팔공산 안고
'카악'하는 그 맛은 어떤 뜨거움에 비할까
사람의 그림자가 음각으로 어른거리고
지날수록 내리는 비는 속수무책이다

만취한 옆자리의 젊은이들
세상 밖으로 뛰어내리고 싶다느니
악착같이 내달려온 세월이 아깝다느니 하는
말들이 담장을 넘는다
저들이 외로운 게다
두서없이 허기지고 배고픈 게다

볼이 빨간 친구야
언짢은 기억은 내려놓고 멋지게 둥글어지자
덜컹거리는 덧문은 신경 쓰지도 말자
종이짝 같은 얇은 사랑을 앓던
그때 우리의 순수를 기억하자꾸나
꾸역꾸역 기어드는 빗소리는
그만 집으로 들어가라는 신호다

그레이 톤이 블랙 톤을 내모는구나

홍도

유람선이 제 무게를 바람에 놓아주며
흔들리고 있다
멀미약을 먹어 다행이다
바닷물이 출렁, 칼날처럼 빛나고
이른 봄이면 동백과 원추리가
온 산을 덮는다는 말에
마음이 저 먼저 바쁘다

겨우 두세 명이 누울 수 있는
모텔은 바다가 멱감고 나온 듯
온통 절은 냄새다
바다마을이라고
돌고래처럼 펄쩍펄쩍 뛰어오르고 싶은지
사람들이 밤새 시끄럽다
한잠도 자지 못해서인지
햇빛 아래의 붉은 홍도 바위 때문인지
눈의 피로가 풀어지지 않는다

깃대봉 아래

바다가 동백 숲 사이로 몸통 드러낼 때
아, 홍도
기어이 내 눈이 벌어지게 한다

풍경

철쭉이 마음 당기는 팔공산 순환도로
한낮에 봄비가 내리다 말다 한다
건드리면 화다닥 불꽃으로 번질까
빗물이 간간이 제동을 걸어도
아랑곳하지 않는다

한 무리의 사람들이
구인사 사잇길로 접어든다
무거운 짐을 지고 끙끙대는 남자도 있고
여자의 달라붙은 바지를 힐끔거리는 사내도 있다
한 여자는 짓궂은 남자의 모자챙 꼭 누른 뒤
재바른 걸음으로 앞서 멀어진다

길가에는 벙그는 풍매화
산벚나무들도 꽃망울을 터뜨릴 기세다
내 마음에도 투명한 숨결 가진
푸른색 꽃대궁이 돋아나면 좋으련만
한낮의 이 정경을 봄비가 적시고 있다

폭염

송림 자연휴양지까지
땡볕 열기가 따라왔다

그 열을 따돌리려 이곳으로 들었는데
기다렸다는 듯 맞이하는 저 넉살
오를 대로 오른 약발 탓인지
가슴팍까지 땀에 흠뻑 젖는다

비탈길 끝에 서 있는 느티나무 방,
느티는 없고 매미 소리 쏟아진다

해가 기울자
땡볕도 휴양을 즐기는지
언덕을 기어오르며 그늘 드리운다

저녁노을

저물녘 서쪽 하늘에 섬 하나 떴다
뻘겋게 발기된 욕망의 섬이
붉은 바다를 펼쳐 보인다
울컥, 한 발짝도 나가지 못하는
나는 그 섬에 갇히는 중이다

종다리 한 마리가 날아온다
손사래 쳐도 다가오는
누군가의 발소리
갇혀 있는 게 어디 나만일까
한 떼의 바람이 옷자락을 흔든다

문득 꽃잎 하나가 파문을 그린다
욕망 쏟아부은 듯한 저 섬,
하지만 슬며시 허공으로
스며들고 있다
내일도 어김없이 이맘때
다니러 올 것 같은 저 붉은 섬

숲실마을에서

산수유 숲속에 끼어든
매화나무 한 그루
예쁘기는 산수유에 비할 바 아니지만
사람들 눈길 빼앗겨 풀죽어 있다
샐쭉해진 꽃잎이 사람들 지날 때마다
바람을 핑계로 파르르 아양떨지만
산수유꽃이 노랗게 잡아당기는
숲실마을 맨 안쪽까지 발길이 닿는다

산수유 숲속에 갇힌 매화나무
그 어깨에 불만 잔뜩 걸친 채
바람하고만 두런두런하는 것 같다

무섬에서

비 그치기를 기다리다 지친 걸까
강이 긴 하품을 하네
안개에 가린 무섬의
시간 속으로 들어가 보네
물여울에 혼 뺏기지 말고
한 발 한 발 내디디려 했는데
어느새 어질머리
투명한 물에 뿌리내린 돌다리
아무리 짓눌러도 무너지지 않는
주산지 왕버들 같다고
무섬을 말해주던 당신
돌 틈 맴돌며 흘러오는 당신
그 기억은 유구하네
그림자 끌어당기면서 본
다리 너머 끝마을
허공도 잠 털며 기지개 켜네
젖은 발 닦아주는 꿈의 마을
무섬은 무심한데
나그네들이 선비마을을 흔드네

구원

약령시장에 나온 약제들
제 이름 부르기를 기다리며
오종종 앉아 있다
백자민, 천궁, 맥문동, 구약,
황기, 갈근, 관목동, 마인,
곡아, 숙지황, 삼백초, 당귀, 상황,
천마, 익모초,
하수오, 길경, 황매목, 진피,
힐초근, 오가피, 자목……
햐! 줄 세우기도 버겁다
약령시장을 한 바퀴 돌아 나오니
내 속에 빌붙은 병이란 병은
모조리 달아나는 것 같다

멀리 올려다보이는 제일교회 첨탑
힘든 자 다 내게 오라는
천국의 말이 들리는 듯
구원의 약제들이 부지런을 떤다

봄비

피 좀 봐
저 소나무가 하혈했나 봐
밤새 내린 비에 말끔한 얼굴이지만
나무 아래 수북이 쌓인 붉은 솔갈비
지난밤의 일들을 말해주는 걸까
잠시 스친 게 아니야
격렬한 몸싸움이었어
부푼 마음이 부푼 마음을 불러내어
한데 뒤엉켰나 봐
가지 끝에 매달린 빗물
링거액처럼 뚝뚝 떨어지며
알고 있다는 듯 살랑거린다

동그랗게 몸 불리는 으스스한 한기에
몸살 앓은 건 나뿐인 줄 알았어

늦가을

바람 불자 나뭇잎들이 후두둑 쏟아진다

한꺼번에 움직이지만 제각각이다

각기 제 길로 간다

등 떠밀려 이렇게 가을은 또 깊어간다

이 세상도 잠깐이다

어둑어둑 되번지는 내 슬픔도 그랬다

Ⅱ

사리

고등어구이 반찬으로 늦은 저녁 식사
찢고 발기면서 다 먹고 나서
먹히고 먹히며 버티던 그것을 본다

칠남매 와자지껄하던 마당에서
어머니의 인생을 비트는 건
아버지의 빈번한 일탈이었다

어머니는 뼈만 남은 고등어처럼 야위어도
우리 남매는 쑥쑥 자라면서
저마다의 시간으로 자맥질하느라
깁스한 어머니의 마음은 읽지 못했다

종달새는 새끼를 지키려고
하루에 삼천 번씩 우짖는다는데
어머니의 한 많은 평생이
얼마나 가팔랐을까
이젠 하늘에서 빈집을 내려볼 어머니

아, 입만 있는 것들*
입밖에 없는 것들

엄마가 돌아가시던 그 날에
만져지던 그것이 사리였구나

* 이상호의 시에서 따옴

사십구재

자동차 소리, 바람 소리, 문 여닫는 소리, 아이 울음
소리, TV 소리, 쌀 씻는 소리, 전화벨 소리, 시계 초침
소리, 개 짖는 소리, 책장 넘기는 소리, 물 흐르는 소리,
변기 물 내리는 소리, 도마소리, 뉘 집 싸우는 소리, 웃
음소리, 자판기 두드리는 소리

그러나 이젠 어머니 목소리는 없습니다

저녁

아주버님은 저 세상 남편을 많이 닮았다

오늘 아주버님 생신이다

작은 선물을 드리고 돌아오는 길

누가 엉덩이를 톡, 톡 친다

정적, 말은 없어도 느낌은 있다

내 다 안다, 그 사람이다

햇볕

태안 당산3리에서 만난 노인은
주저리주저리 마음 보따리를 풀어 놓는다

―자식들 공부 많이 시킬 것 아니제
  객지로 나가 얼굴도 잘 못 보고

갈쿠리 같은 손으로 연신
널어놓은 고추를 뒤적이면서
멀어져간 옛적의 얼굴들을 떠올린다

노인의 무심한 세월을 감싸 안아 주는 봄날의 한낮,
드나드는 바람이 내 얼굴을 스치며 갈 때마다
매운 냄새가 눈 속을 파고든다

―안 메우세요?
―웬걸 맵지

그까짓 대수냐는 듯 상한 고추를 집어낸다
상처가 상처를 알아보는 것일까

지문 없는 것들에 잠시 내 시선이 붙들린다
재채기로 답하는 당산3리
기다리는 그 얼굴이 붉다

다리

태풍 나비가 들이닥친 날 아침
동대구역 9시 출발 상행 KTX를 기다린다
바람 사이로 굵은 빗줄기가
누워 있는 열차 선로를 툭툭 건드리고 있다
항의하듯 가끔은 팍팍 성질내는
선로를 바라보다가 친구 다리가 떠오른다

저혈압으로 쓰러진 그녀의 다리는
얼마나 건드려야 꿈틀거리기라도 할까
지켜보는 마음 아프고 서글프다

여전히 선로를 때리는 빗줄기
길고 무거운 열차를 거뜬하게 받아주는
저 실한 다리처럼 친구의 다리도
튼실해지면 얼마나 좋을까
막무가내 잠자고 있는 저 다리
어느덧 종착역이다

적막
—어느 길모퉁이

대구 수성도서관 뒷길 모퉁이에
자그마한 좌판을 깔아 놓은 할머니
상추 댓 바구니, 풋고추 두어 됫박이 전부다
오가는 사람 누구도 눈여겨보지 않는 한나절
꼬박꼬박 조는 할머니 앞에
난데없이 스타렉스 한 대가 밀고 들어온다
자라처럼 움츠려 온몸으로 좌판을 끌어안는 할머니
그 기습에 몸이 기울어지면서도 필사적으로
놓지 않는 좌판에서 미끄러져 흩어지는 풋고추들
먼지 풀썩 날리며 쏜살같이 달아나는
자동차 꽁무니를 노려보던 할머니
뭉개지지 않은 고추와 상추를 애지중지 보듬으며
—천하에 몹쓸 것
다시 쪼그리고 앉아 중얼거리는 푸념이
무심한 바람 소리에 실려 간다

적막하기 그지없는 길모퉁이다

행상

세찬 바람이 담벼락을 할퀸다
비닐봉지가 갈팡질팡
모서리를 꽉 잡고 버티는 소리는
저 행상의 뜨거운 심장 소리다
둘러봐도 바람 소리뿐
한길은 겨울 소리로 난폭하다

버틴다는 거, 저 묵언……
막 깎아 놓은 나무 조각처럼
버티고 산 발치로 지나가는
살가운 얼굴들은
그를 지켜주는 보호막인 듯

바람은 아직도 겨울과 한통속이다
행여 뼛속까지 얼었다면
저 나뭇가지 눈 풀리는 소리
슬며시 들려주고 싶어진다

곧 사월이다

빈 유모차

땅바닥이 유모차를 끌고 간다
저 할머니 조그마한 데다
등까지 꼬부라졌다
땅바닥이 자꾸 끌어당기는지
할머니는 보일락말락,
유모차만 저 혼자 가는 것 같다

어디로 가는 건지
거기, 언제 닿을 수 있을는지
한평생 닳고 닳은 저 할머니의
오랜 세월과 숱한 사연들
하지만 어찌해 볼 도리가 없으니
저리 빈 유모차에 묻혀 가고 있다

그런 이유

신천 다리를 지나는데
등 굽은 할머니
꽃들 사이로 유모차를 끌고 간다
한때는 꽃이었을 저 할머니
지친 어깨 탓인지
생글거리는 꽃들에게
눈길 한 번 주지 않는다

먼 길, 부서지기도 했을
비틀거리기도 했을
생애를 날리듯
신호등도 아랑곳없이 직진이다
빵빵 소리에 오히려 더 큰소리
⋯⋯나도 운전한다⋯⋯

생글거리던 꽃들이
일제히 한둘, 한둘 박자 맞추며
유모차에 힘 보태고 있다

장마 1

장맛비 속 화랑공원 팔각정 아래
우두커니 앉아 있는 노인,
누가 허리춤을 붙잡고 있는지
내가 볼일 다 보고 돌아오는 길에도
여전히 그 자리에 그대로다

발자국 하나 남기지 않은 채
미친 듯한 폭우 속에서도
아랑곳없는 노인의 이마 주름살은
빗물에 젖어 더 깊어진 것 같다

벼락 소리에 나뭇잎들이 뒤집혀도
노인은 끝끝내 밀려나지 않고
그 자리에 우두커니 그대로다

짧은 꿈을 만져요

아파트 단지로 들어서는 한 남자
백합과 장미가 어우러진 꽃다발 껴안고 있다
육십 대 초반쯤 되었을까
물기 머금은 싱싱한 꽃다발에게
희끗한 머리가 잠시 수줍다

아내의 생일인가
결혼기념일인가
어스름 저녁 베란다 틈새로 생선 굽는 냄새가
번져 나오는 뜰로 나서면서 본 그 꽃다발
오래 가두어 두었던 볼일인가
못내 부끄럽다
잠깐 스치는 내게 확 풀어내는 꽃향기
그 겹겹의 입술들이 신나게 흔들린다

방 한켠에 웅크린 햇살들이 환하게
길을 열어줄 것 같은 누군가의 웃음이 보인다

문득 내 생일 때

예쁜 무늬를 골라 담던 당신이 떠오른다
또 다른 꽃들은 어디에 있나요?

아버지

대구 동부정류장 건너편 상가 지나는데
웬 사내가 울고 있다
기둥에 등을 기댄 채 꺽꺽거린다
남자의 눈물은 여자의 그것과 달라
발걸음을 붙드는 걸까
사내의 통곡이 더욱 가팔라지더니
목울대로 폭죽이 터지듯이
아버지, 아버지라고 연신 외친다

질겅질겅 북받치고 씹히는 서러움,
누렇게 빛바랜 셔츠 깃,
바람이 그의 어깨를 다독이고 있다
배고픈 사내가 찾는 아버지는
구릿빛 화석이 되어
가슴속에 자리 잡고 있는가 보다
비로소 사내 옆에서 다독이는 아버지
지나가는 바람이 치는지
사내의 어깨 한 번 크게 들썩인다

돌아서려는데 불쑥 목구멍을 치며 올라오는
아버지 아, 내 아버지,
아버지라는 이름은 언제나 그리움이다
떠날 줄 모르는 울림이다
주책인 것 같아 눈가를 훔치는데
금방이라도 내려앉을 듯한
상가가 물끄러미 내려다보고 있다

홍역

이른 아침 공원에
어제 본 저 사내 여전히 그 자리다
고요를 흔들어대며 부르는
노래 또한 거기다
한 많은 이 세상이 야속하다고,
야속하다고 불러대는 노래
바로 어제 그거다
엉덩이 옆에 세워둔 소주병이
장단 맞추듯 흔들리고 있다
쥔 따라 나온 강아지들이
한꺼번에 짖어댄다
어수선한 이른 아침을
게으른 달빛이 내려다보고 있다

가까운 사람의 숲속 작은 집에서
구겨져 오래 방치된 냄비를 봤다
허기를 달고 삭아 빠진 수포가
뚜벅뚜벅 소멸로 들어서는 걸……
너무 오랫동안 그리워할

그 무엇도 없어서 그런 것 같다

나무숲에 촘촘히 박혀 있던
어둠도 간간이 뒷걸음질이다
울대 밀며 가슴 쥐어짜는 저 사내의
타령도 운동기구에 걸려 꺽꺽거린다
한참 떨어진 거리에서도
역한 냄새가 발치에 걸린다
저자의 캄캄한 인생을 알겠다는 듯
가문비나무가 이따금 몸을 흔든다

발화한 저 사내의 고뇌,
참 사연이 붉겠다

너와 나는 말 없어도 말이 있다

횡단보도에서 파란 신호를 기다리는데
채 바뀌지도 않은 신호등을 무시하고
성큼 내려서는 사내, 그를 따라
내 몸도 꿈틀, 따랐다가 만다
이상하다
이 무슨 차력술이기에 팽팽해지는지

내 몸의 중심이 네게로 기울어지는 시간
너와 나 사이
추호도 흔들림 없는 짧은 순간이다

네게로 가, 말아

엽서
—문인수 시인*

대구 중앙초등학교 담벼락을 끼고 돌면
저만치 화랑공원 벤치에 그가 얹혀 있다
특유의 삐딱 자세,
니코틴의 유혹에서 벗어나려고
꼬나문 전자담배로
아쉬움을 달래고 있다

나는 딱, 아흔아홉 살까지만 살끼다
에고 샘요 쪼매만 더 보태 보시지에
뭐 할라꼬, 고거 마 됐다

허허허허……
호하하……

흰 구름이 웃음소리 따라 흘러간다
그 웃음소리 따라 아흔아홉 살까지 살 거라던
그를 무심한 흰 구름이 떠메고 흘러간다

* 76세에 소천

하얀 꽃

그녀는 웃고 우리는 운다
마지막 인사라도 하듯 잠시 출렁거린다
순식간에 그녀를 삼킨 철문이 요란하게 잠긴다
이젠 갇혔다
아무것도 가져갈 것이 없다는 듯
웃는 얼굴로 허물을 벗고 있는 그가
점점 멀어지고 있다

고단한 몸 누인 관 위로
생의 이력이 지워지고
서성이는 자리에는 깊이 파인 발자국들
끌어안고 있던 것들이
거친 불길에 손을 놓고 있다

한밤중에 혼자 깨어 있는 달처럼 깊은 눈을 한
그가 걸핏하면 지역 번호로 건너와
내 외로움이 마른 목소리로 울까 염려하던
해맑은 미소
키가 커서 허리 구부정한 그가,

그녀가, 그녀가
그래도 가고 있다
제 튼 살 다독이며 산 그 길의 끝에서
아쉬운 삶의 울분인가 쉿소리를 내고 있다
구석으로 내몰린 꽃들이 질겅질겅
울음 매달고 쓰러져 있는 길
걸어 나오는 발길이 허공을 밟는지
휘청이다가 들썩이다가 하고 있다

봄밤

총 소지가 불법인 이 나라에
웬 총성이 요란합니다
봄밤이 들썩들썩, 합니다
개나리 목련이 앞다퉈 요란하더니
매화도 질세라 폭죽을 터트립니다
벚꽃이 바짝 무릎 발을 세우더니
마구잡이로 총질합니다

범법자들이 야단법석인 봄밤입니다
계절에 충실한 범법자들끼리
하나의 언어로 봄밤을 아우릅니다

나 혼자만 목마른 봄밤입니다

봄이 아프다

어둠이 가로등을 켜고 있다
다닥다닥 붙은 지붕의 간판들이 불꽃이 된다
희뿌연 도시의 골목길, 발에 차이는
돌멩이들도 문득 어둡다
식당의 불빛들은 다시 벼락 맞은 듯 꺼진다
저 불빛 속에도 천신만고 끝에 찾아온 봄이
길이 막혀 버렸다고 울먹이지만
안을 수 없는 봄이 내 몸을 밀어낸다
새벽 별들이 감싸 안아 줄는지……

밟고 밟히며 돌아 나오는
골목길의 끝자락

풀잎

아무도 모른다
내 가슴이 얼마나 뜨거운지를
연초록 가슴 부둥키며
돌 틈새로 목숨 내밀고 있는 건

누군가 불덩이 같은 가슴
비집고 들어와
머뭇거리지 않고
서성대지 않고
숨기지 않고

내 생애에 불을 댕겨
지울 수 없는 자국으로 남을까
남겨 버리지 않을까
겁이 나는지

봄바람

누르면 톡 튀어나올 것 같은 뽕브라다
아파트 단지에 줄지어 선 영산홍들
잎이 끈덕지고 무성해지더니
햇살 품에 안겨들면서부터는
멍울들이 부풀어 올랐다
저 불길 같은 거동이라니……

그 뺨이 붉게 상기되고 있다
수줍은 듯 얼굴 감추고 있더니
화들짝 꽃 피운 뒤부터는
날아드는 나비들로 야단법석이다
세상이 자기들 것인 양 옹기종기
한 줄기 햇살에도 까르르
숨넘어가듯 타오르는 불꽃이다

이제 바람피다가 질 일만 남았다

관계

며칠 심란하더니 드디어 사고 쳤다
난분을 박살 낸 거다
갈기갈기 부서진 분 조각들
난 뿌리들이 갑자기
환한 세상을 보며 부끄러운 듯
온몸을 서로 꽉 물고 있다
아무도 엿보지 않은 데서의 포옹은
얼마나 자유스러운가
팔과 팔의 부드러운 곡선
부엽토 속에서 힘자랑을 한다

심란하던 마음 엿보았는지
돌아누운 난초들이
가만가만 숨소리를 토한다

한낮

얇고 투명한 커튼은 하얀 낮달을 싸안고 침묵한 지 오래다

피 말리며 쌓아온 세월이 녹록하지 않음은

저 구부러져 누워 있는 등허리가 말해 준다

내 몸의 물관과 체관을 정신없이 오르면서 잊고 있던 그것

피 마른 자국마다 피워낸다는 저승꽃들

소나기

빗방울이 창을 두드린다
촘촘한 철망 사이로 들이치는 입자들이
금방이라도 방충망을 끌어 내릴 것 같다

와르르
주저 없이 유리벽을 타고 내리는 빗물
그 넋의 얼룩들이 어지럽다

나는 무엇을 더 원하고 있는 걸까
다다닥 다다닥 유리벽을 긁은
네 손이 가슴속에 치고 들어와
어룽진 얼룩에 어룽거린다

유리벽에 부딪치며 낙하하는 빗방울들
그 손을 잡아주지 못하는 나,
또 세상 속으로 지분지분 스며든다

젖은 유리벽에서
세상의 한끝이 보이다 말다 한다

침입자

화분에 물을 주고 한참 지나서
물받침을 여니
지렁이 한 마리 고개를 내민다
기겁한 건 징그러워서만은 아니다
뭔가가 나를 엿보고 있었다니!
침입자,
오랫동안 나의 진화를 다 엿본 저것
아무도 모르지만 저놈은 안다
바스트 웨스트 사이즈를 넘어
어쩌면 팬티 색깔까지도……

두 발이 오그라든다
일상의 행간에 뱀처럼 숨어
얼마나 자주 나를 훔쳐보았을까
어쩌면 저것은
내 안의 날숨과 들숨까지 지켜보는
눈 중의 하나에 지나지 않을지도……
나도 모르게 찍히고 잡히는 일상,
섬뜩하다

이틀, 또는 사흘

어제저녁 먹다 남은 한 조각의 빵,
급하게 처리하느라
키친타월 길게 뽑아 덮어씌운다
바람 불 때마다 펄럭이며
습한 시간을 빨아들이더니
곰팡이가 파르스름 피어 있다

멀리서도 뚜렷한 푸른 신호등 불빛
바쁜 발길들이 성급하게 뛰어간다
신호등 아래 지워지는 몇몇 장면들

빵은 식탁에서 뜯긴 창호지 문짝처럼
제 몸 비틀며 습기를 짜낸다
곰팡이가 빵의 속살 헤집고 들어갈 때
키친타월이 제 그림자를 감싸 안는다

사람들은 식탁 위에서 멈춘 빵의 시간을
기억하지 못한다
빵은 모네가 그린

거꾸로 선 정물이나 습한 시간이다

이틀, 또는 사흘이 지나도
빵은 그 자리에 있다

상처

교자상 모서리에 발등 찍혔다
나동그라진 160센티미터 키에 50킬로그램의 몸
발등이 너무 아프다

앞마당 철쭉꽃에 넋이 나가 헐렁했던 마음,
위태로운 세상에서 헛발 딛지 말라던
말을 귓등으로 흘린 나를 냅다 내리친 거다

때로는 예사롭지 않은 게 황홀하게도 하지만
느닷없이 섬뜩한 반란을 일으킬 때는
누군들 어쩔 수가 없을 것

떠난 마음의 자국
피 마른 혈관의 자국

상처도 꽃처럼 피어날 수는 없을까

그날

담벼락이 울긋불긋 광고판이다
몸 관리, 얼굴 관리, 손 관리, 발 관리
온통 관리가 무지막지하다
오세요, 할인해 드려요
확실하게 빼 드려요

아하, 돈 주면 몸도 관리해 주는구나
확실하게 말고 죽여주게 해준다고 하면
한번 생각해 볼 건데
얼마나 신나는 세상인가
그러니 멀거니 쳐다보다가
허전하고 서러워진다

봐 줄 사람은 아득히 먼 데 있다

지퍼를 달다가

아주 오래된 바지 찾아내
지퍼를 단다

손아귀 힘닿는 대로 끌어당기면
나도 그도 기꺼이 하나가 되는 것

마주 짝 맞춘 지퍼가
이윽고 알아차렸다는 듯
슬며시 따라 오르고 내려가는 것

보일 듯 말 듯한 속내
다 닫아 감추었지만
그만을 위해 열어 둔 오직 한 가닥

어느 날 덜컥 이가 안 맞아 멈추고
틈새에 낀 이물질 때문에
마음 쓰이기도 하지만

내 허기를 꿀꺽꿀꺽 삼키며

아, 그와 맞물려
나도 기꺼이 깊어지고 있다

귀가

언젠가 먼 곳 우듬지 나뭇가지에서
고운 소리 뽑내던 새 한 마리가
문득 기억을 가로질러 날아옵니다

그 작은 새에게 홀리고
그곳의 한적한 풍경에 다시 이끌려
석 달 열흘쯤 붙어살까 하고
꾸려 간 짐을 풀었습니다

겨우 초저녁인데 짙게 깔리는
산 그늘이 흡사 나를 끌고 가는
저승길의 광목천 같았습니다
영혼을 흔들어대는 바람 자락 같고
어이없는 날에 꾼 꿈과도 같았습니다

명쾌하지 않은 길이 내 생의
끝자락을 흔들어대는 것 같아
쫓겨나듯이 열흘 만에
두고 갔던 세상으로 돌아왔습니다

환한 새소리가 따라왔습니다
저 맑고 고운 새소리는
경건하고 눈부신 문장 같습니다

빈집

저 혼자 저무네
저 혼자 동트네

혼자 밥 먹네

혼자 연속극 보네

혼자
웃네
우네

내 속의 빈집
빈 벽

혼자 묻네

대답하네

아, 혼자……

저 혼자 동트네
저 혼자 저무네

긴기아

늦도록 잠 속에서 부시럭거리다가
햇살 부신 거실에 나서니
혹, 달려드는 향기
이끌리듯 가보니 놀랍게도
햇볕 받지도 못한다고 퉁퉁거리던
키 작은 긴기아가
아기 젖망울 같은 꽃을 달고
헤헤닥거리고 있는 게 아닌가

너였구나
꽃망울 달고 있는지도 몰랐는데
내가 잠든 사이
수백 번 오르고 또 오르면서
가려운 부위를 긁어 댔을 거다
그 몸이 쏟아낸 이 향기,
부시게 햇살 들어오는
유리창을 배경으로
온 집안을 행진하는 중이다

달고나

설탕
소다
국자
나무젓가락
바늘
이글거리는 불꽃

판에 붓고
책받침으로 꽉 누른다
모양 박는다

삐뚤삐뚤 조마조마
두근두근

박수치며
야호!

IV

그늘
—로마에서

마차 소리 느릿느릿하더니
이윽고 멈추었다
도둑고양이처럼 내려놓는 구둣발
시대의 경계에 우뚝 서 있더니
유연한 반원으로 몸을 구부린다

그곳에, 그 자리에
흔들리는 홍등을 재우고
위태롭게 달라붙은
몸 깊은 여자
오천 년 저쪽에서
아랫도리를 벌리고 있다

로마 유적지
저무는 하늘이 그리운
어느 쪽방 구석에
깊이 찍힌 발자국 하나
따가운 햇살이 나른하게 묶인 채

똬리 틀고 앉아
오천 년 이쪽 사람들에게
말을 건네고 있다

첫사랑

트레비분수*에서 긴 호흡을 하고
동전을 던지려 하는데
친구가 팔을 잡아당겨
두 닢 더 얹어주며 셋을 던지란다

하나는 로마에 다시 오고
둘은 지금 애인과 이별하며
셋은 첫사랑이 찾아오는
염원이 담겼다나
분수 복판에 정확하게 던졌다

하지만 잃어버린 첫사랑은
그림자까지 지워져 버렸고
동전 셋쯤에는
꿈쩍도 하지 않을 것도 잘 안다

트레비분수도 어쩌지 못할
잃어버린 첫사랑은
접착될 일도 없이

떨어진 문짝 같다는 걸 안다

가슴에 별 하나 달고 싶은
사람들로 붐비는 이 분수에는
지구촌 사람들이 종일 북새통이다

* 영화 〈로마의 휴일〉에서 주인공이 소원을 빌며 동전 던지던 분수

까보다로까*

여행객들을 반기기라도 하듯 비바람이
맨발로 튀어나온다
유럽대륙의 서쪽 한 곳,
수평선과 어우러지는 꽃밭을
보고 싶다는 마음에 가하는 거대한 폭력이다
까보다로까는 빗소리가 자욱하다
달라붙는 빗줄기가 등판을 때린다

포르투갈 서사시인 키모링스는
땅이 끝나고 바다가 시작되는 곳
기쁨과 슬픔이 만나는 곳이라고 끌어당겼지만
한 조각 땅도 볼 수 없는 늪에 빠진 기분이다
난파 직전, 침몰 직전에 표류하는 배처럼
어디가 어디인지 꾀죄죄한 얼굴로 달아나는
우산만 쳐다보다가 돌아 나오는 저기
위태롭게 서 있는 관광안내소

비바람에 몸이 밀리면서
품에 안은 기념 증명서가 현기증을 일으킨다

헐레벌떡 해안을 벗어나자 천천히 눕는 빗소리
하늘의 변죽에 맞춰
못다 본 대륙의 땅이 우우우 일어선다

*땅이 끝나고 바다가 시작되는 유럽대륙의 땅끝마을

에펠탑

밤 열 시,

별빛을 치고 오르는 에펠탑

화려한 밤 옷 차림이

사람들 꿈에 날개를 달아 준다

어둠의 어디를 찔러서

저런 환상적인 빛을 내는지

센강 밤 물결도 덩달아

사람들 가슴을 적시며 흐른다

발자국
—유럽 명품조각전

기원전의 스핑크스가 대구에 왔다
바빌론 왕국의 함무라비 법전 비와
에게해의 사모트라스 승리의 여신상을 대동하고
세기와 세기의 징검다리를 건너 이곳까지 와서
운 좋게 오천 원 할인 관람 예약을 했다

루브르 박물관이 끌어안고 있는 아프로디테가
두 팔을 잃어버린 채 눈인사를 한다
그 두 팔 내력이 궁금해 잠시 발이 묶인다
관심 끌고 있는 비너스는 평소 느낌 그대로다
르네상스 시대의 보티첼리*는 특유의 감각으로
여체의 아름다움을 형상화해 눈부시다
'비너스의 탄생' 앞에 사람들이 몰려든다

타임머신 타고 기원전으로 떠나는
나는 지금 거대한 다리를 건너는 중이다

* 이달리아 국적의 화가로 〈비너스의 탄생〉 등 종교화를 많이 그렸다.

계산동 연가

가끔은 멀어지는 시간에 태클 걸 때가 있다
아쉬움 때문이다
고향을 한 번도 빠져나간 적 없는데
요즘 서울 길을 자주 드나들면서 느낀다

식당인가 하면 강이고 강인가 하면 들이고
들인가 하면 식당인 곳에서
우아하게 밥을 먹고 빌딩 아래서 으쓱대는
공허를 이쑤시개로 쑤시면
도시의 공기가 온통 모래 씹는 맛 같다
더러는 모래 속에 푹푹 빠지기도 한다

현대백화점 뒷길 카페거리 건너
약전골목을 끼고 들어가 만나는 진골목,
골목골목 뛰어다니며 숨바꼭질, 고무줄놀이로
신나다가 어머니가 부르는 소리에 해가 기울던
내 고향 계산동 2가 108번지

그때로 돌아가 어머니를 만난다

없다

성모당 돌의자에서 깨금발하며 내려다본다

없다

나지막한 담장 선으로 긋고 들어앉았던 유치원도
참새들이 짹짹, 수녀님 따르던 계집애도 없다

무럭무럭 늙느라 정신없는 사이
초승달은 저 혼자 몸 바꾸고 위쪽으로 하면서
몇천 날을 그렇게 보냈을 거다

없다

그 느낌에 목이 메는 오늘
졸고 있던 성모당 돌의자가 뜨거워진다

알집*

눈길에 미끄러진 어머니
몸 씻어드릴 때
물컹물컹 출렁대는 뱃속에서
새알만 한 내 생명이 만져졌네
거기 아득한 내 집,
세월의 마디가 구석구석 주름살로 잡혀
빈터에 지는 노을처럼 쓸쓸하지만
세상 한 곳을 바라보는 눈은
아직도 뜨겁다네

그가 내게 몸을 맡기네
그 집을 통째 맡기네
그와 나 사이를 연결하는 전류가
안타깝게 느려지고 있어
울컥대는 마음을 비빌 데가 없네
박박 문지르니
힘없이 무너지는 뱃가죽
와르르 흘러내리는 땟국물

바싹 마른 웃음

하염없이 울고 싶은 오늘이네

* 정진규 시 「아, 둥글구나」에서 인용

태백산맥

태백산맥을 굽이굽이 힘들게 넘으니
덜컥 와 안기는 태백산맥문학관
작가는 보이지 않고 탑처럼 쌓인 원고들
그 옆에는 소품들이 옹기종기 모여 앉아
내 발걸음도 스캔을 하는 것 같다
작가가 검은 머리칼에 서리 내릴 때까지
빚고 다듬은 열 봉우리의 『태백산맥』,
민족의 끊긴 등뼈를 이으려는 심정으로
단 제목이라고 새삼 숙연해진다
태백산맥을 끌어안고 산
그 긴 세월의 집념이 빚은 장엄한 서사,
과거와 현재가 공존하는
민족분단의 아픈 역사가
큰 물줄기로 가슴을 파고든다
벌교의 사람들도 거듭 떠올려보면서
돌아서서 옮기는 발길을 내려다보는
장엄한 가을 저녁놀도 한없이 깊다

천국, 또는 지옥
—강정희 서양화전

문이 나를 밀고 거칠게 닫힌다 계단은 없다 자그마한
그녀의 어깨에 날개가 돋아 금방이라도 푸드덕 날아갈
것만 같다 문득 지옥으로 떨어지는, 아니 천상으로 밀
어 올리기도 하는 커다란 손, 컴컴한 지하실 한켠에 망
설임 없이 밀어 넣는다 여자의 잠긴 모세혈관에서 반란
이 제동을 건다

'열어 줘'
어디선가에서 침입한 또 하나의 손이 0.01밀리미터
만큼의 빛을 건네준다

어둠의 터널 지나 희미한 불빛 속에서 만나는 황홀한
천국, 빗살무늬 마구 쏟아지는⋯⋯

그해 겨울

배달된 귤 상자를 열어보니
이런! 아래쪽 귤들이 터지고
찌그러지고 온통 난리다
밑에서 제대로 숨도 못 쉬고 대항하느라
또 얼마나 힘들었을까

위아래는 엄연하지만 예상 못 한 각도가 생겨
우리를 가끔 슬프게 한다
지위를 인격이라는 건 잘난 자들의 셈법,
굽신거림을 받아 삼키면서
질경이 같은 삶을 안아 줄 수 있을지

노숙자의 쉼터, 서울역 지하도를 지나다가
밥 한 숟갈도 못 먹었다는 말이 들려온다
저 사람들의 푸념이 가슴을 툭, 친다
세상이 참 야속하다

상자 속에서 상처 난 귤들을 다독여 준다

굿모닝 모텔

대구 동구청 가는 길로 접어드니
굿모닝 모텔이 보인다
굿모닝?
묵언으로 일관하다가
궁색한 일만 생기면 굿모닝이라는
말로 얼버무리던 선배 시인 생각난다

언제부턴가 나도 무심결에
굿모닝이라고 하면
수화기 저쪽에서도 '굿모닝'이다
이유 불문하고 박장대소가 이어지면
우리는 절친이다
까르르 주고받는 말들이
중천에서 굿모닝처럼 즐겁다

필경 저 모텔 속도 굿모닝이리라
오, 저들의 숨 가쁜 굿모닝!
굿모닝!

화분에 물 주다

네가 그리 애원한다고
나, 쉽게 무너지지 않아
짐짓 모르는 척 뒷짐 지고 있지

표면이 갈라지고 타들어 가는 잎새
드러누워 유혹해도
시끄럽고 지저분한 숨소리
한 귀로 듣고 흘려

풀죽은 목소리에 밀려
네 속으로 몸 밀어 넣는다면
펄펄한 바람 속 견디지도 못하고
자그마한 흔들림에도 삐걱거리며
조금씩 내려앉는다는 걸 알고 있기 때문이지

극도에 달한 몸
가쁜 숨 몰아쉬며 힘겹게 살 비비는 그때
비로소 내가 물을 퍼붓지, 흠뻑
한번을 줘도 화끈하게 거침없이

자지러지게 몸 출렁,
후끈하게 전율하며 숨 고를 때
비로소 멈추는 거야

그래야 뿌리 잘 뻗어 꽃 활짝 피지

대구라는 섬

갇혔다
풍랑이 심해 면회도 올 수 없는 섬
매일 요동치는 파도를 보면서
서울에 살고 있는 아들은
달려올 수 없어 발만 구른단다

나도 애타게 보고 싶다는 말이
가슴 속에 출렁거리지만
행여 풍랑이라도 뚫고 찾아올까
마스크로 입을 막는다

오래 질기게 끌고 갈 작정인지
노한 파도는 좀체 가라앉을 기미도 없다
어쩌면 저 사나움이 나를 덮칠지도 모른다는
불안감에 뒷걸음으로 들어선 숲길,
잎새들 잘게 뒤척이는 소리에 놀란
멱새 한 마리 휙, 날아간다

저 부러운 자유의 날갯짓

온전하지 못한 하루가 가고
또 하루가 간다
2020년의 봄은 코로나 19를 등에 업고
왔던 길로 되돌아간다

참 이상한 나라의 중심에 대구가 있다

봄이 오다가 멈칫할지도 모르겠습니다
하기야 갇혀 수행 중이라 궁금하지도 않습니다
지금은 코로나 바이러스에 감염된 사람 수가
매일매일 불어나는 모습만
안타깝게 숨죽이며 지켜볼 따름입니다
오늘도 또 많은 사람이 세상을 떠났습니다
모두 우리의 이웃입니다
갇힌 몸이 힘들지만 전국에서 달려와 준
의료진들의 고마움에 경외감이 듭니다
힘 드는 내가 때로는 얼마나 가소로워지는지요
시장에 손님이 없어 먹고 살길이 막혔다고
울먹이던 상인들이 힘든 의료진에게
이거라도 하면서 도시락을 준비해 갑니다
마스크 사려고 비 오는 날 긴 줄에
굽이굽이 서 있어도 흐트러지지 않습니다
더더욱 사재기는 언감생심입니다
차분하게 이 고비가 하루빨리 지나가기를
묵묵하게 기다리고 있을 뿐입니다
잘 짜인 각본처럼 움직이는

우리의 일상을 본 외신기자들이
참 이상한 나라의 사람들이라고 합니다
대구가 이런 곳입니다
그런데도 확진자가 많이 나왔다는 이유만으로
대구를 폄훼하고 조롱하는 건
견딜 수 없는 아픔이지만 동요하지도 않습니다
문을 열면 대면 없이 택배기사는 가고 없고
먹을 것들이 기다리고 있습니다
멀리 있는 아들들이 오지도 못해
마음으로 보내준 것들을 받아먹으면서는
그 야릇한 감옥이라는 생각도 들었습니다
새봄이 오기 전 이 고비를 넘을 수 있을까요?
가장 먼저 마스크 날려 보내고
포근한 햇볕을 받아 안고 싶습니다
그런 날이 빨리 오기를 기도할 뿐입니다

　　　　　—2020년 2월 19일 일기 중에서

적막과 꿈의 서정적 변주

이 태 수 (시인)

적막과 꿈의 서정적 변주

이태수(시인)

i) 박주영은 쓸쓸하고 외롭고 상실감에 젖어 있지만 사람들과 더불어 살아가려는 마음자리가 포근하고 따스한 시인이다. 외딴섬과 같이 적막寂寞하고 그늘진 데서 자유롭지 않을수록 그 비애悲哀나 아픔 너머의 온전한 사랑의 세계를 지향하고 꿈꾸며, 소외된 사람들과 함께 그 꿈의 세계에 이르려는 인간애人間愛와 애틋한 연민憐憫도 남다르다.

그의 시는 다채로운 무늬와 빛깔을 띠는 것 같으면서도 그 내포內包에는 한결같이 잃어버린 사랑을 회복하고 더 나은 삶으로 나아가려는 서정적 자아가 감싸 안고 있는 소망들로 채워진다. 이 때문에 어떤 풍경이든 시인과 마주치기만 하면 그런 내면內面과 겹치면서 다분히 주관화되고 내면화된 풍경으로 변용되게 마련이다.

시인의 발길은 가까운 곳의 나들이로부터 산과 바다, 전국의 명승지와 해외로까지 이어진다. 하지만 떠돌다 돌아와 깃들 곳은 '혼자 사는 집'이다. 반복되는 일상에서 벗어나 가까이나 멀리 가더라도 거기서 느끼거나 깨달은 마음만 데리고 돌아오게 되며, 길들여진 적막 속에서 그리 대단치도 않은 조짐과 낌새에도 위안을 얻고 스스로 위무慰撫하기도 한다.

ⅱ) 시인은 길을 나서면서 마주치는 풍경들을 서정적 자아와 젖은 감성感性으로 그려 보인다. 가고 싶어 마음먹고 가는 길에서 마주치거나 가서 만난 풍경이든, 우연히 조우한 풍경이든 시인의 내면이 반영된 풍경으로 빚어진다. 이 때문에 그의 풍경들은 대상을 있는 그대로 그리기보다는 내면이 은밀하게 반영되고 겹치는 모습으로 떠오른다.

지리산 연곡사 가는 길에 수령樹齡이 오래된 연리지와 마주치면서는 "제 안의 물기 모두 버려도/죽어도 못 버리는 가지 끝의/달근한 향내"(「지리산 연리지連理枝」)에 마음 빼앗긴다. 나무와 다른 나무의 가지가 서로 붙어서 나뭇결이 하나가 된 채 오랜 세월 한결같은 모습으로 제자리에 있는 이 연리지가 홀로된 시인에게는 '달근한 향내'로 다가온다.

연리지의 그런 자태는 달근한 향내뿐 아니라 그 나뭇결의 들리지 않는 숨소리까지 아찔하게 느끼게 하면서 시인이 가려는 길을 이끌어주는 길잡이가 돼주기도 한다. 한편, 홀로된 소외감을 대상(꽃)에 이입해 드러내 보이는 「숲실마을에서」는 일정한 거리를 두고 대상을 바라보며 묘사하고 있는 것 같으면서도 꽃의 소외감이 그 자체의 것이라기보다 화자의 내면 풍경으로 읽힌다.

산수유 숲속에 끼어든
매화나무 한 그루
예쁘기는 산수유에 비할 바 아니지만
사람들 눈길 빼앗겨 풀죽어 있다
샐쭉해진 꽃잎이 사람들 지날 때마다
바람을 핑계로 파르르 아양떨지만
산수유꽃이 노랗게 잡아당기는
숲실마을 맨 안쪽까지 발길이 닿는다

산수유 숲속에 갇힌 매화나무
그 어깨에 불만 잔뜩 걸친 채
바람하고만 두런두런하는 것 같다
　　　　　　　　　　　—「숲실마을에서」 전문

산수유 군락지인 경북 의성군 사곡면 숲실마을의 봄 풍경에 착안한 이 시는 꽃 나들이를 하는 사람들이 더 예쁜 매화에는 아랑곳없이 산수유꽃에만 눈길을 주는 장면을 화자의 심경을 은밀하게 투사해 들여다본다. 무리 지어 대세를 이룬 산수유나무숲에 이방인異邦人처럼 끼어 있는 매화나무 한 그루는 외롭고 소외될 수밖에 없는 건 당연하겠지만, 시인은 그런 정황에 놓인 매화나무의 더 예쁜 꽃에 마음 끼었으며 각별한 연민을 보낸다. 샐쭉해진 매화가 바람을 핑계로 파르르 아양 떨고, 불만이 많아도 지나치는 바람에 하소연하는 것도 화자의 마음을 이입하고 반영하기 때문으로 보인다.

그런가 하면 「나를 그리다」에서는 더욱 구체적으로 화자의 마음을 떠올려 보인다. 열차의 차창 너머 보이는 젊은 남녀의 밝고 맑게 다정한 모습을 부럽게 바라보면서 그들이 불러일으키는 아련한 지난날을 젖은 마음으로 회상回想한다. 까칠했던 당시의 자신에게도 "처음으로 잡아 끌어내어 준 사람"이 있었으므로 "그 사람 앞에만 푼 내 웃음/그때의 내 웃음이 저렇듯 맑았을까"라는 생각에도 이른다.

그 젊은 연인戀人들은 시인에게 "갑자기 눈앞에 어룽거리는 한 사람/오래 잊었던 그 날, 그 시간이/파노라마처럼 밀려"오게 하고 있다. 그래서 그들 때문에 되살아난 지난날에 대한 애틋한 그리움을 반추하게 되고, 부러운 시선으로 그들이 알아차리지 못해도 마음속으로 두 젊은이에게 '화이팅'을 보내지만, 이는 자신을 향한 '화이팅'이기도 한 것 같다.

지난날에 대한 이 같은 심경은 「기억을 묻다」에서와 같이 "그는 없고 기억만 쌓여 있는 강가"에서는 달개비,

마름, 궁궁이 같은 것들도 눈물에 떠다니고 "내가 그를 납작 엎드려 배웅"하던 기억까지 반추하고, 보일 리 없지만 "침묵의 강이 범람하는 내 몸 더듬는"다는 환상에도 젖게 된다.

그 봄 끝 무렵 정방사 갔다
금수산 자락에 풍경 소리 데리고
좌정한 극락전을 오르는데
깔고 앉은 죄의 무게 탓일까
몇 칸 안 되는 돌계단도 버겁다

〈중략〉

부처님 앞에 엎드리니
그제야 숨소리가 가지런해진다
울울하지 말고 언제든 오라는
스님의 머리카락 한 올까지 짚는 번뜩임에
머리에 이고 온 보따리도
남김없이 풀어 놓는다
찔레 넝쿨 걸러낸 듯 가벼워지고
차 한잔에 마음 따스해진다
                    —「정방사」 부분

시인은 마음 울적해 봄의 끝자락에 산사(정방사)를 찾아 나선다. 그 산사에는 "풍경 소리 데리고/좌정한 극락전"이 있고, 자신의 마음을 고뇌에서 벗어나게 해줄지 모르는 부처님과 스님이 있기 때문이다. '풍경 소리'와 '극락전'은 세속世俗의 번뇌를 정화하고 깨달음에 이르게 해줄 거라는 믿음 탓이겠지만, 화자는 극락전으로 오르는 몇 개의 '계단'마저 '죄의 무게'로 버거운지 모른다는 생각도 한다. 이 자성을 대동한 경건하고 겸허한 자세는 예사로 보이지 않게 한다. 이 대목은 정방사를 찾는 화자의 마음자리를 선명하게 시사하고 있기 때문이다.

실제로 극락전의 부처님 앞에 엎드리니 숨소리가 가지런해지고, 머리카락 한 올까지 짚을 정도로 자신을 꿰뚫어 보는 혜안慧眼을 가진 스님의 자상하고 너그러운 배려에 속마음까지 다 풀어 놓게 만든다. 더구나 정방사에 찾아온 보람이듯, 마음이 가지런해지는 평정平靜을 찾게 될 뿐 아니라 스님의 자상한 베풂으로 무겁게 얽혔던 마음이 가벼워지고 따스해지게 된다. 이 시는 내면 풍경을 에둘러 떠올리는 마음의 그림 같기도 하다.

시인의 발길은 산과 바다로 이어지고, 보고 싶은 풍경을 향하게도 된다. 봄비 내리는 대구 근교의 팔공산은 순환도로 가의 봄꽃들이 마음 끌어당겨서 한낮에 가게 되고, 비 내리는 날 해거름에는 무거운 마음을 떨쳐내고 싶어 "지글지글 지지대는 땡고추 넣은 부추전에다/알싸한 소주 한잔을 곁들이면/불쏘시개 매운 내에 눈이 뒤집"(「화해」)히게 해줄 것 같은 그 맛집을 찾아 깃들게도 하는 산이다.

> 철쭉이 마음 당기는 팔공산 순환도로
> 한낮에 봄비가 내리다 말다 한다
> 건드리면 화다닥 불꽃으로 번질까
> 빗물이 간간이 제동을 걸어도
> 아랑곳하지 않는다
>
> ──「풍경」 부분

　봄철이면 팔공산 순환도로 가에는 어김없이 벚꽃, 매화, 철쭉꽃 등 온갖 봄꽃들이 흐드러지게 핀다. 시인은 그런 꽃들이 피어날 즈음 그곳을 찾는다. 일시에 폭발하듯 피는 철쭉꽃들을 건드리면 화다닥 불꽃으로 번질까 봐 오다 말다 하는 빗물이 간간이 제동을 걸어도 아랑곳하지 않는다고도 한다. 시인이 "내 마음에도 투명한 숨결 가진/푸른색 꽃대궁이 돋아나면 좋으련만/한낮의 이 정경을 봄비가 적시고 있다"는 비애는 봄철의 철쭉꽃 같은 삶을 동경憧憬하기 때문임은 말할 나위가 없다.

> 박수근의 그림 같은 그레이 톤을 깔고
> 해거름에 비가 내린다

이런 날은 팔공산 움막식당이 제격이다
지글지글 지져대는 땡고추 넣은 부추전에다
알싸한 소주 한잔을 곁들이면
불쏘시개 매운 내에 눈이 뒤집힌다
눈물, 콧물 멈추지 않아 헉헉거려도
가랑비 내리는 팔공산 안고
'카악'하는 그 맛은 어떤 뜨거움에 비할까

〈중략〉

볼이 빨간 친구야
언짢은 기억은 내려놓고 멋지게 둥글어지자
덜컹거리는 덧문은 신경 쓰지도 말자
종이짝 같은 얇은 사랑을 앓던
그때 우리의 순수를 기억하자꾸나
꾸역꾸역 기어드는 빗소리는
그만 집으로 들어가라는 신호다

그레이 톤이 블랙 톤을 내모는구나
　　　　　　　　—「화해」부분

　　언짢은 기억들 때문에 우울한 친구와 자신의 심중心
中과 그 인탈을 진솔하게 대비쳐 보이는 이 시는 식당

옆자리에서 비관의 말들로 떠들어대는 젊은이들이 외롭고 허기져서 그렇다고 여기듯이 자신들의 그런 마음을 땡고추 곁들인 부추전의 눈이 뒤집힐 정도의 매운맛과 알싸한 소주로 바꿔보려는 자기 위안에 주어진다고 볼 수 있다.

박수근의 그림 톤을 끌어들이기도 하는 이 시는 '현실'을 '덜컹거리는 덧문'에, 기억하고 싶은 '순수'(지난 시절)를 '종이짝 같은 얇은 사랑'에 비유하고 있어 그 심중을 짐작해 보게 하며, 그런 비유와 함께 '그레이 톤'과 '블랙 톤'의 대비를 통해서도 시적 묘미를 돋우는가 하면 '멋지게 둥글어지자'고 포용包容과 관용寬容의 메시지를 내비치기도 한다.

시인이 외롭고 우울한 현실을 뛰어넘고 싶은 간절한 마음은 "천사의 날개는 내 가슴 높이에 있다/한껏 날아 올라 본다/만만치 않은 세상에서 한 번쯤은/튀어 올라 내려다보고 싶었다"(「동피랑」)는 비상의 꿈에 이르게 하며, 이름 모를 벌레 한 마리가 기어가는 모습을 보고서도 "적요의 저 온몸이 필기체다/벌레 한 마리 회벽 아래 기어가며/그만의 시를 쓰고 있다"(「적요의 저 온몸이 필기체다」)고 에둘러 자신의 내면 풍경을 은유隱喩하게 하는 것 같다.

iii) 박주영 시인의 일련의 시는 더불어 살았고, 살아 가는 사람들을 그러안듯이 자신 가까이 끌어당기는 이 야기에 빈번하게 주어진다. 그 빛깔은 대체로 어둡고 내포는 주로 연민과 안타까움이다. 고등어 반찬으로 늦은 저녁 식사를 한 뒤 발겨 먹어 뼈만 남은 고등어를 보며 어머니의 모습을 떠올리는 「사리」는 아버지의 빈번한 일탈에도 일곱 남매를 헌신적으로 키웠던 어머니의 생애에 대한 회한悔恨을 절절하게 풀어낸 시다.

어머니는 뼈만 남은 고등어처럼 야위어도
우리 남매는 쑥쑥 자라면서
저마다의 시간으로 자맥질하느라
깁스한 어머니의 마음은 읽지 못했다

〈중략〉

어머니의 한 많은 평생이
얼마나 가팔랐을까
이젠 하늘에서 빈집을 내려볼 어머니

아, 입만 있는 것들
입밖에 없는 것들

엄마가 돌아가시던 그 날에

만져지던 그것이 사리였구나

—「사리」부분

　"자동차 소리, 바람 소리, 문 여닫는 소리, 아이 울음
소리, TV 소리, 쌀 씻는 소리, 전화벨 소리, 시계 초침
소리, 개 짖는 소리, 책장 넘기는 소리, 물 흐르는 소리,
변기 물 내리는 소리, 도마소리, 뉘 집 싸우는 소리, 웃
음소리, 자판기 두드리는 소리//그러나 이젠 어머니 목
소리는 없습니다"라고, 이 세상엔 온갖 소리가 넘치고
있지만 어머니의 목소리는 없다고 절규하는 「사십구
재」도 그렇지만. 이 시에서 일곱 남매가 "깁스한 어머니
의 마음을 읽지 못했다"는 구절과 "아, 입만 있는 것들/
입밖에 없는 것들"이라는 대목은 자책으로 가슴 에이게
하는 회한의 절규다. 오죽하면 돌아가실 때 그 몸에서
만져지던 것이 뒤늦게지만 '사리'였을 거라고까지 여겨
지게 되겠는가.

　시인은 혈육뿐 아니라 가까운 사람이나 일상에서 만
나는 낯선 사람들에게도 이 같은 마음을 끼얹는 건 거
의 마찬가지다. 「다리」에서는 탑승할 열차를 기다리며
선로(레일)를 바라보다가 저혈압으로 쓰러진 친구의 불
구가 된 다리를 떠올리고, 열차가 종착역에 도착할 때
까지도 줄곧 같은 생각만 하고 있었을 정도다.

여전히 선로를 때리는 빗줄기

길고 무거운 열차를 거뜬하게 받아주는

저 실한 다리처럼 친구의 다리도

튼실해지면 얼마나 좋을까

막무가내 잠자고 있는 저 다리

어느덧 종착역이다

　　　　　　　　　　—「다리」 부분

　특히 사람들이 무심하게 지나칠지도 모를 소외되고 그늘진 사람들에 대한 따뜻한 연민은 일련의 시에 도드라지게 아로새겨져 있다. 세찬 바람이 부는 초봄의 담 모퉁이 행상을 바라보면서 그 세찬 바람을 "저 행상의 뜨거운 심장 소리"이고 "아직도 겨울과 한통속"(『행상』)이며, "저 나뭇가지 눈 풀리는 소리/슬며시 들려주고 싶어진다//곧 사월이다"(같은 시)라고 하는 시인의 따뜻한 마음자리가 아름답다.

대구 수성도서관 뒷길 모퉁이에

자그마한 좌판을 깔아 놓은 할머니

상추 댓 바구니, 풋고추 두어 됫박이 전부다

오가는 사람 누구도 눈여겨보지 않는 한나절

꼬박꼬박 조는 할머니 앞에

난데없이 스파텍스 한 내가 밀고 들어온나

자라처럼 움츠려 온몸으로 좌판을 끌어안는 할머니

그 기슴에 몸이 기울어지면서도 필사적으로

놓지 않는 좌판에서 미끄러져 흩어지는 풋고추들

먼지 풀썩 날리며 쏜살같이 달아나는

자동차 꽁무니를 노려보던 할머니

뭉개지지 않은 고추와 상추를 애지중지 보듬으며

─천하에 몹쓸 것

다시 쪼그리고 앉아 중얼거리는 푸념이

무심한 바람 소리에 실려 간다

적막하기 그지없는 길모퉁이다

　　　　─「적막─어느 길모퉁이」 전문

　역시 길모퉁이에 조그마한 좌판을 깔아 놓고 상추와 풋고추를 파는 할머니의 가파른 세태 속의 애환을 그린 시다. 난전 상인이라기에도 너무나 보잘것없이 상품이라고는 "상추 댓 바구니와 풋고추 두어 됫박이 전부"인데 찾아오는 고객마저 거의 없다. 하지만 할머니에게는 그 상추와 풋고추들이 생계를 잇게 해주는 '생명줄'과도 같이 소중할 것이다. 고객도 없어 졸고 있는 할머니의 좌판에 밀어닥친 자동차는 날벼락 같을 수밖에 없다. 시인은 그 장면을 연민의 시선으로 그리고 있다.

　자동차는 운전 실수로 그런 상황을 빚었겠으나 할머

116

니가 온몸을 움츠리며 필사적必死的으로 좌판을 끌어안아 봐도 풋고추들은 흩어지고 만다. 다행히 풋고추들이 뭉개지지는 않아 애지중지 보듬으며 안도하게 되지만 자동차 운전자는 쏜살같이 달아나 버린다. 시인은 이 정황을 담담하게 그리면서도 요즘 세태에 대한 비판과 기층민을 향한 휴머니티를 끼얹는다. 할머니의 "천하에 몹쓸 것"이라는 말은 시인의 말로도 들리며, 할머니의 푸념이 무심한 바람 소리에 실려 간다는 대목도 세태를 향한 시인의 연민 때문이라 할 수 있다. 그래서 이 한때의 풍경이 "적막하기 그지없는 길모퉁이"로 각인刻印됐을 것이다.

　빈 유모차를 끌고(의지해) 가는 할머니가 조그마한 몸피에 등까지 꼬부라져 땅바닥이 유모차를 끌고 가며 유모차만 저 혼자 가는 것 같다고 묘사한 「빈 유모차」, 장맛비와 벼락에도 하염없이 공원 팔각정 아래 우두커니 앉아 소일하는 노인을 그린 「장마 1」도 오늘날의 노인 문제에 착안한 시로 보인다. 시인은 노인 문제 못잖게 실직하거나 하릴없이 떠도는 기층민에 대한 관심도 적지 않다.

이른 아침 공원에
어제 본 저 사내 여전히 그 자리다
고요를 흔들어대며 부르는

노래 또한 거기다
한 많은 이 세상이 야속하다고,
야속하다고 불러대는 노래
바로 어제 그거다
엉덩이 옆에 세워둔 소주병이
장단 맞추듯 흔들리고 있다

〈중략〉

발화한 저 사내의 고뇌,
참 사연이 붉겠다
—「홍역」 부분

　　이 시는 날마다 이른 아침부터 공원에서 세상이 야속
하다는 노래를 반복해서 부르고 소주병을 비우는 사나
이와 마주쳐야 하는 안타까움을 그리고 있다. 세상 타
령의 노래와 소주로 달래는 그 고뇌(괴로움)를 유추하며
"참 사연이 붉겠다"고 표현했지만 이 '붉음'이 내포하고
있는 의미를 생각해 보게 만든다. 이 시에서 "엉덩이 옆
에 세워둔 소주병이/장단 맞추듯 흔들리고 있다"는 표
현이 그렇듯이, 그의 시에는 이따금 해학諧謔이 곁들여
져 그 넉살 이면裏面의 슬픔이 더욱 짙어 보이게 한다.

대구 중앙초등학교 담벼락을 끼고 돌면

저만치 화랑공원 벤치에 그가 얹혀 있다

특유의 삐딱 자세,

니코틴의 유혹에서 벗어나려고

꼬나문 전자담배로

아쉬움을 달래고 있다

나는 딱, 아흔아홉 살까지만 살끼다

에고 샘요 쪼매만 더 보태 보시지예

뭐 할라꼬, 고거 마 됐다

허허허허……

호하하……

흰 구름이 웃음소리 따라 흘러간다

그 웃음소리 따라 아흔아홉 살까지 살 거라던

그를 무심한 흰 구름이 떠메고 흘러간다

　　　　　　　─「엽서─문인수 시인」 전문

　몇 년 전 76세를 일기로 세상을 떠난 문인수 시인과
의 대화 몇 토막도 곁들여 그 특유의 모습 몇 부분을 부
각하고 있다. 화랑공원은 그의 집 부근으로 자주 소일
하던 곳이고, 벤치에 얹히듯이 삐딱히게 앉던 게 그의

버릇에 가까우며, 건강 때문에 이따금 전자담배를 피우던 그였다. 시인은 그의 그런 만년의 모습을 그렇게 그리고 있다. 이어서 등장하는 대화는 그의 모습을 해학적이면서도 더욱 선명하게 떠올려 보인다. 경상도 사투리로 나누는 것도 그렇고 웃음소리도 그렇다.

하지만 그 넉살과 덕담德談도 유효하지는 못했다. 아흔아홉 살까지만 살 거라고 넉살을 부리던 그는 그보다 스물세 해를 앞당겨 세상을 떠났다. 시인은 그때 함께 웃던 웃음소리가 흰 구름 따라 흘러가고, 무심한 흰 구름이 그를 떠메고 흘러간다고 허무와 무상감無常感을 다시 정색하며 읊고 있다. 박주영다운 시다.

iv) 봄은 생명의 계절이다. 겨우내 숨죽이고 있던 나무와 풀들이 생기를 되찾고, 개구리를 비롯해 겨울에는 보이지 않던 동물들도 겨울잠을 털고 나오거나 새로운 활기를 회복한다. 그중에서도 봄이 돌아오면 봄꽃들은 다투듯이 일제히 피어나 생명력을 뽐낸다. 설중매雪中梅나 동백, 야생화인 눈새기꽃, 노루귀꽃 등도 잔설殘雪 틈으로 피어오르며 새봄을 알리기도 하지만, 잎보다 먼저 피는 봄꽃들은 이른 봄에 그 절정으로 치닫기도 한다. 시인은 그런 꽃들의 개화를 총질이나 폭죽 터트리기로 회화화戱畫化하고 있다.

총 소지가 불법인 이 나라에
웬 총성이 요란합니다
봄밤이 들썩들썩, 합니다
개나리 목련이 앞다퉈 요란하더니
매화도 질세라 폭죽을 터트립니다
벚꽃이 바짝 무릎 발을 세우더니
마구잡이로 총질합니다

범법자들이 야단법석인 봄밤입니다
계절에 충실한 범법자들끼리
하나의 언어로 봄밤을 아우릅니다

나 혼자만 목마른 봄밤입니다
　　　　　　 ─「봄밤」 전문

　개나리, 목련, 매화, 벚꽃 등 봄꽃들이 무리 지어 피
어나는 봄밤을 시인 특유의 감각으로 그리고 있는 이
시는 그 꽃들을 계절에 충실한 범법자들로 야단법석 하
나의 언어로 봄밤을 아우른다고 표현하고 있다. 재미있
는 발상이요 기발한 상상이다. 하지만 시인에게 범법
자로 보이게 하는 이유는 다른 데도 있다. 희화적인 표
현이지만, 봄꽃들이 야단법석이어도 "나 혼자만 목마른
봄밤"일 수밖에 없기 때문이다. 이 같은 비에는 "인을

수 없는 봄이 내 몸을 밀어"(「봄이 아프다」)내기 때문에 커
지기도 한다.

　　아무도 모른다
　　내 가슴이 얼마나 뜨거운지를
　　연초록 가슴 부둥키며
　　돌 틈새로 목숨 내밀고 있는 건

　　누군가 불덩이 같은 가슴
　　비집고 들어와
　　머뭇거리지 않고
　　서성대지 않고
　　숨기지 않고

　　내 생애에 불을 댕겨
　　지울 수 없는 자국으로 남을까
　　남겨 버리지 않을까
　　겁이 나는지
　　　　　　　　　—「풀잎」 전문

　　풀잎에 빗대어 자신의 내면(심중)을 표출하고 있는 듯
한 이 시는 왜 혼자만 목마르고 봄이 자기의 몸을 밀어
냈는지 그 까닭은 밝혀 주는 것 같다. 아무도 가슴(불덩

이 같은 가슴)이 얼마나 뜨거운지 모르고, 알아주며 불을 댕기는 사람이 없기 때문이라는 발언으로 보인다. 이같이 외따롭고 시들한 삶은 "이틀, 또는 사흘이 지나도/빵(먹다 남은 빵)은 그 자리에 있다"(「이틀, 또는 사흘」)라는 대목도 여실히 말해준다. 또한 「지퍼를 달다가」에서는 아주 오래된 바지에 지퍼를 달고 마주 짝 맞춘 지퍼가 제대로 작동되는 걸 보면서 짝이 없이 살아가는 상실감이 "내 허기를 꿀꺽꿀꺽 삼키며/아, 그와 맞물려/나도 기꺼이 깊어지고 있다"는 환상 속으로 들어가기도 한다. 이 역설적 표현은 그러고 싶다는 갈망渴望을 뒤집어 놓은 말일 것이다.

시인에게는 목마르게 하는 대상은 다가오지 않지만 섬뜩하게 하는 그 반대로 경계의 대상인 침입자도 있다. 화분에 물을 주다가 발견한 지렁이가 그 예다. 홀로 사는 집 안에 그 지렁이가 아무도 모르는 "바스트 웨스트 사이즈를 넘어/어쩌면 팬티 색깔까지도" 훔쳐보고 있었다는 것이다. 게다가 그 지렁이는 "내 안의 날숨과 들숨까지 지켜보는/눈 중의 하나에 지나지 않을지도"(「침입자」) 모른다는 생각에 섬뜩하다고도 한다.

언젠가 먼 곳 우듬지 나뭇가지에서
고운 소리 뽑내던 새 한 마리가
문득 기억을 가로질러 날아옵니다

그 작은 새에게 홀리고
그곳의 한적한 풍경에 다시 이끌려
석 달 열흘쯤 붙어살까 하고
꾸려 간 짐을 풀었습니다

겨우 초저녁인데 짙게 깔리는
산 그늘이 흡사 나를 끌고 가는
저승길의 광목천 같았습니다
영혼을 흔들어대는 바람 자락 같고
어이없는 날에 꾼 꿈과도 같았습니다

명쾌하지 않은 길이 내 생의
끝자락을 흔들어대는 것 같아
쫓겨나듯이 열흘 만에
두고 갔던 세상으로 돌아왔습니다

환한 새소리가 따라왔습니다
저 맑고 고운 새소리는
경건하고 눈부신 문장 같습니다
　　　　　　　　　　　—「귀가」 전문

하지만 시인은 일상에서 벗어나 마음 끌리는 곳에 가

서 살아보고 싶어도 여의치는 않다. 한적閑寂한 풍경에 이끌려 석 달 열흘쯤 붙어살까도 생각했던 곳도 초저녁 산 그늘이 저승길의 광목천 같고 삶의 끝자락을 흔들어대는 것 같아 고작 열흘 만에 "두고 갔던 세상으로 돌아"온다. 다만 그 풍경 속의 나뭇가지에서 지저귀던 새소리가 따라오고, 환하고 맑고 고운 그 새소리는 "경건하고 눈부신 문장" 같다고 여겨지게 한다. 결국 시인은 두고 갔던 세상으로 되돌아와 자신만 살지 않으면 통째 빈집이 되는 집에서 혼자 산다.

저 혼자 저무네
저 혼자 동트네

혼자 밥 먹네

혼자 연속극 보네

혼자
웃네
우네

내 속의 빈집
빈 벽

혼자 묻네

대답하네

아, 혼자……

저 혼자 동트네
저 혼자 저무네
　　　　　—「빈집」 전문

　그의 시로서는 이례적으로 행갈이를 급격하게 한 간결한 문체에다 경쾌한 리듬을 빚으며 어휘의 반복 효과도 극대화하고 있는 이 시는 박목월의 초기 시를 연상케 할 정도로 이미지가 산뜻하다. 그 때문에 이 시는 쓸쓸하고 외지고 처연한 일상을 노래하면서도 그 빛깔이 반전反轉되는 느낌을 안겨준다.

　시인의 일상은 외지고 쓸쓸하더라도 그리 대단하지도 않은 것이 마음을 밝게 하고 위안해 주는 경우도 없지 않다. 「긴기아」에서 잠든 사이 "햇볕 받지도 못한다고 퉁퉁거리던/키 작은 긴기아가/아기 젖망울 같은 꽃을 달고" 향기를 풍기고 있고, "그 몸이 쏟아낸 이 향기,/부시게 햇살 들어오는/유리창을 배경으로/온 집안

을 행진하는 중"이어서 즐거워한다. 이 긴기아의 향기
는 열흘간 머물다 돌아온 한적한 곳에서 집까지 따라온
"경건하고 눈부신 문장"의 새소리(환상과 환각)와 환상적
인 짝을 이루고 있는 것 같기도 하다.

ⅴ) 시인의 관심과 발길은 다채롭게 이어진다. 가까
운 곳의 나들이나 국내 사찰 등 명승지 찾아 나서는 건
물론 해외 여행길에 오르고, 미술품 전시장이나 문학과
예술의 향기가 마음 끄는 곳도 찾는다. 이끌리는 곳이
적지 않고, 홀로 사는 외로움과 그 적막 때문인지도 모
른다.

포르투갈의 유럽대륙 땅끝마을 까보다로까의 인상
을 그린 시 「까보다로까」에서 시인은 그 나라의 서사시
인 키모링스가 "땅이 끝나고 바다가 시작되는 곳/기쁨
과 슬픔이 만나는 곳"이라고 예찬해 끌렸지만, 찾아간
날 "거대한 폭력" 같은 비바람 때문에 실망했다고 진솔
眞率하게 쓰고 있다. 비바람이 맨발로 튀어나와 "한 조
각 땅도 볼 수 없는 늪에 빠진 기분"이었고, "비바람에
몸이 밀리면서/품에 안은 기념증명서가 현기증을 일으"
킬 정도였다고도 한다.

프랑스 파리에 들렀을 때는 날씨가 화창했기 때문일
까. 포르투갈에서와는 사뭇 대조적이다. 에펠탑과 센
강의 밤 풍경을 묘사한 「에펠탑」은 이 탑의 별빛을 치고

오르는 화려한 밤옷(조명)이 사람들 꿈에 날개를 달아준 다고 칭송稱頌했다. 에펠탑의 환상적인 조명 불빛에 센 강의 밤물결도 덩달아 가슴을 적시며 흐른다고도 했다. 감정과 수식을 절제하며 간결하게 묘사했으면서도 화 려하고 환상적인 에펠탑과 센강의 밤 풍경을 상승과 하 강의 이미지로 아름답게 노래하고 있다.

밤 열 시,

별빛을 치고 오르는 에펠탑

화려한 밤 옷 차림이

사람들 꿈에 날개를 달아 준다

어둠의 어디를 찔러서

저런 환상적인 빛을 내는지

센강 밤 물결도 덩달아

사람들 가슴을 적시며 흐른다

—「에펠탑」전문

이탈리아의 로마에 들러서는 한 유적지遺蹟地에서의 느낌과 트레비분수에 동전을 던지면서는 영화 〈로마의 휴일〉 주인공이 소망을 빌며 세 개의 동전을 던지던 정황과는 대비될 수밖에 없는 첫사랑의 비애를 드러낸다. 오천 년 저쪽과 이쪽(지금)에도 그대로 보존되고 있는 한 유적(구체적으로 밝히지는 않음)이 안겨주는 생각과 느낌을 담은 「그늘 ―로마에서」는 아득한 예나 지금이나 그대로인 여성의 원초적인 본능을 관능적官能的인 시선으로 묘사하고 있다. "흔들리는 홍등을 재우고/위태롭게 달라붙은/몸 깊은 여자/오천 년 저쪽에서/아랫도리를 벌리고 있"으며 "오천 년 이쪽 사람들에게/말을 건네고 있다"는 묘사는 인상적이다.

트레비분수에서 긴 호흡을 하고
동전을 던지려 하는데
친구가 팔을 잡아당겨
두 닢 더 얹어주며 셋을 던지란다

하나는 로마에 다시 오고
둘은 지금 애인과 이별하며
셋은 첫사랑이 찾아오는
염원이 담겼다나
분수 복판에 정확하게 던졌다

하지만 잃어버린 첫사랑은

그림자까지 지워져 버렸고

동전 셋쯤에는

꿈쩍도 하지 않을 것도 잘 안다

트레비분수도 어쩌지 못할

잃어버린 첫사랑은

접착될 일도 없이

떨어진 문짝 같다는 걸 안다

—「첫사랑」부분

로마의 트레비분수에 소원을 빌며 동전을 던져 넣으면 성취되는 줄로만 알고 마음을 가다듬고 동전 한 닢을 던지려 하자 동행한 친구가 동전 두 닢을 보태주며 세 닢을 던지라고 일러준다. 세 닢의 동전을 던지면 로마에 다시 오고 지금 애인과 헤어지며 첫사랑이 찾아오는 염원이 이루어진다고 전해 오기 때문이다.

하지만 분수 복판에 동전을 정확하게 던졌으나 되살아나는 비애에 젖을 수밖에 없게 된다. 첫사랑은 돌아올 수 없는 데로 떠나버린 데다 "그림자까지 지워져 버렸"기 때문이다. 그래서 그 심경을 첫사랑이 다시 달 수도 없는 "떨어진 문짝 같다"고 토로한다. 더구나 소원을

담은 동전 세 닢을 던지긴 했지만 그 분수도 어쩌지 못
할 것이라는 사실도 알고 있어 되레 첫사랑에 대한 그
리움만 더욱 간절하게 해준 셈이다.

루브르 박물관이 끌어안고 있는 아프로디테가
두 팔을 잃어버린 채 눈인사를 한다
그 두 팔 내력이 궁금해 잠시 발이 묶인다
관심 끌고 있는 비너스는 평소 느낌 그대로다
르네상스 시대의 보티첼리는 특유의 감각으로
여체의 아름다움을 형상화해 눈부시다
'비너스의 탄생' 앞에 사람들이 몰려든다
　　　　　　　　―「발자국―유럽명품조각전」 부분

　대구 이동전으로 열린 '유럽명품조각전'을 관람하면
서 가장 인상 깊었던 아프로디테 조각상과 보티첼리의
'비너스의 탄생'에 대한 소감을 축약해 묘사한 대목이
다. 이 시에서 두 팔이 훼손된 아프로디테가 "눈인사를
한다"고 끌어당겨 상상하는 건 잃어버린 두 팔의 내력
에 대한 궁금증보다는 그리스 신화에 등장하는 아름다
움과 사랑의 여신 아프로디테에 대한 관심과 흠모가 앞
서 있었기 때문으로 보인다.
　토티첼리의 '비너스의 탄생'에 대한 각별한 긴심과

눈부심 역시 같은 맥락脈絡이다. 시인이 이 작품에 대해 "보티첼리는 특유의 감각으로/여체의 아름다움을 향상화해 눈부시다"고 말하고 있기도 하지만, 그리스 신화의 아프로디테에 해당하는 비너스가 평소 시인이 마음 속으로 상상하던 그대로였고, 그 형상을 보티첼리가 아름답게 보여줬기 때문이었을 것이다.

　시인은 가까이 지내는 화가의 이미지나 감명 깊게 읽은 소설에 대한 느낌을 시로 형상화하는 경우도 더러 있다. '강정희 서양화전'이라는 부제가 붙은 「천국, 또는 지옥」은 이 화가의 면모를 나름으로 그리면서 그림에 대해 "어둠의 터널 지나 희미한 불빛 속에서 만나는 황홀한 천국, 빗살무늬가 마구 쏟아지는⋯⋯"이라고 그려 놓고 있다.

　　태백산맥을 굽이굽이 힘들게 넘으니
　　덜컥 와 안기는 태백산맥문학관
　　작가는 보이지 않고 탑처럼 쌓인 원고들
　　그 옆에는 소품들이 옹기종기 모여 앉아
　　내 발걸음도 스캔을 하는 것 같다
　　작가가 검은 머리칼에 서리 내릴 때까지
　　빗고 다듬은 열 봉우리의 『태백산맥』

　　〈중략〉

과거와 현재가 공존하는

민족분단의 아픈 역사가

큰 물줄기로 가슴을 파고든다

벌교의 사람들도 거듭 떠올려보면서

돌아서서 옮기는 발길을 내려다보는

장엄한 가을 저녁놀도 한없이 깊다

　　　　　　　　　—「태백산맥」 부분

　태백산맥에 자리 잡고 있는 태백산맥문학관에 이르러서는 탑처럼 쌓인 원고 더미에 눈길이 먼저 간다. 이 눈길은 작가가 젊은 시절부터 노년에 이르기까지 각고로 쓴 열 권 분량의 대하소설 『태백산맥』(조정래 지음)에 대한 외경심 때문이며, 그렇게 빚고 다듬은 대작을 열 봉우리의 산으로 바라보기도 한다. 게다가 과거와 현재가 공존하는 민족 분단의 아픈 역사가 큰 물줄기를 이루는 장엄한 서사敍事라고 보는 건 우리나라가 그 전망이 밝지 않은 세계 유일의 분단국가로서의 아픔이 진행형이기 때문일 것이다.

　이 시집의 맨 뒤에 실린 두 편의 시, 「대구라는 섬」과 「참 이상한 나라의 중심에 대구가 있다」는 지난 몇 년 동안 겪어야 했던 코로나 팬데믹의 첫해인 2000년 이른 봄의 아픔을 서사적인 육성에 담은 시다. 「대구라는 섬」

은 갇힌 육지의 섬 같았던 대구에서의 불안, 공포, 소통 부재에 초점이 맞춰져 있으며, 「참 이상한 나라의 중심에 대구가 있다」는 이웃 사람들의 잇따른 죽음, 확진자確診者가 많다는 이유로 대구를 폄훼貶毀하더라도 동요하지 않고 대처하던 시민들의 모습, 전국 의료진의 헌신적인 봉사 등을 다각적으로 떠올리며, 마스크를 벗고 포근한 햇볕을 받아안고 싶었던 간절한 소망을 떠올리고 있다.

박주영 시인

　대구에서 출생, 영남대학교 인문대학 영어영문학과를 졸업했다. 1993년《문예한국》신인상과 1995년《심상》신인상 당선으로 등단했으며, 시집『문득, 그가 없다』와 다수의 공저를 냈다. 대구 정화여자중학교 글쓰기 지도교사를 지냈고 한국시인협회, 대구시인협회, 심상시인회 회원과 대구문인협회 이사로 활동하고 있다.

꿈꾸는 적막
박주영 시집

발행일
초판 1쇄   2024년 5월 10일

지은이   ● 박주영
펴낸이   ● 김종해
펴낸곳   ● 문학세계사
출판등록   ● 1979. 5. 16. 제21-108호.

주소   ● 서울시 마포구 신수로 59-1(04087)
대표전화   ● 02-702-1800
팩스   ● 02-702-0084
이메일   ● munse_books@naver.com
홈페이지   ● www.msp21.co.kr

값 12,000원

ISBN 979-11-93001-47-9   03810
ⓒ 박주영, 문학세계사